CH00942634

DEMAIN, VOUS VOTEREZ L'ABOLITION DE LA PEINE DE MORT

Discours du garde des Sceaux
Robert Badinter
devant l'Assemblée nationale,
17 septembre 1981

suivi de

JE CROIS QU'IL Y A LIEU DE RECOURIR À LA PEINE EXEMPLAIRE

Discours du député Maurice Barrès
devant la Chambre des députés,
3 juillet 1908

Éditions Points

Conseiller littéraire : Ulysse Korolitski

L'éditeur tient à remercier le service Communication
de l'Assemblée nationale et Christophe Bataille
pour leurs aimables contributions.

Sources :
Pour le texte de R. Badinter : *Journal officiel*,
Débats parlementaires, Assemblée nationale,
1ʳᵉ séance du jeudi 17 septembre 1981
Pour le texte de M. Barrès : *Annales de la Chambre des députés*,
« Débats parlementaires », vol. 84 *bis*,
Session ordinaire de 1908.

ISBN 978-2-7578-1502-1

© Éditions Points, août 2009, pour la présente édition

Sommaire

« Demain, vous voterez l'abolition de la peine de mort »

Discours du garde des Sceaux
M. Robert Badinter, 17 septembre 1981,
devant l'Assemblée nationale.
Discussion du projet de loi portant
sur l'abolition de la peine de mort.

Contre l'opinion d'une grande majorité de Français, François Mitterrand, en pleine campagne présidentielle, se prononce pour l'abolition de la peine de mort dont il fait l'une de ses promesses. Il confie à Robert Badinter, nouveau garde des Sceaux, avocat, professeur agrégé de droit, farouche opposant à la peine de mort et défenseur de Patrick Henry à qui il évita la peine capitale en 1977, la mise en œuvre de ce projet. Abandonnant les clivages partisans, certains opposants, dont Jacques Chirac, Philippe Seguin, Raymond Barre et Jacques Toubon, soutiennent le projet de Robert Badinter. Finalement, 363 députés votent pour l'abolition, 113 contre et 117 s'abstiennent. Toutes les tentatives de rétablissement de la peine capitale échouèrent ; son interdiction est, depuis 2007, inscrite dans la Constitution.

Discours de Robert Badinter

M. le garde des Sceaux : Monsieur le président, mesdames, messieurs les députés, j'ai l'honneur au nom du Gouvernement de la République, de demander à l'Assemblée nationale l'abolition de la peine de mort en France.

En cet instant, dont chacun d'entre vous mesure la portée qu'il revêt pour notre justice et pour nous, je veux d'abord remercier la commission des lois parce qu'elle a compris l'esprit du projet qui lui était présenté et, plus particulièrement, son rapporteur, M. Raymond Forni[1], non seulement parce qu'il est un homme de cœur et de talent mais parce qu'il a lutté dans les années écoulées pour l'abolition. Au-delà de sa personne et, comme lui, je tiens à remercier tous ceux, quelle que soit leur appartenance politique qui, au cours des années passées, notamment au sein des commissions des lois précédentes, ont également œuvré pour que

---

1. Raymond Forni (1941-2008), député socialiste, Territoire de Belfort, président de la commission des lois.

l'abolition soit décidée, avant même que n'intervienne le changement politique majeur que nous connaissons.

Cette communion d'esprit, cette communauté de pensée à travers les clivages politiques montrent bien que le débat qui est ouvert aujourd'hui devant vous est d'abord un débat de conscience et le choix auquel chacun d'entre vous procédera l'engagera personnellement.

Raymond Forni a eu raison de souligner qu'une longue marche s'achève aujourd'hui. Près de deux siècles se sont écoulés depuis que, dans la première assemblée parlementaire qu'ait connue la France, Le Pelletier de Saint-Fargeau[1] demandait l'abolition de la peine capitale. C'était en 1791.

Je regarde la marche de la France.

La France est grande, non seulement par sa puissance, mais au-delà de sa puissance, par l'éclat des idées, des causes, de la générosité qui l'ont emporté aux moments privilégiés de son histoire.

La France est grande parce qu'elle a été la première en Europe à abolir la torture malgré les esprits précautionneux qui, dans le pays, s'exclamaient à l'époque que, sans la torture, la justice française serait désarmée, que, sans la torture, les bons sujets seraient livrés aux scélérats.

---

1. Louis Le Pelletier de Saint-Fargeau (1760-1793), rapporteur du projet de loi pour l'abolition de la peine capitale, le 30 mai 1791, projet refusé le 1ᵉʳ juin.

La France a été parmi les premiers pays du monde à abolir l'esclavage, ce crime qui déshonore encore l'humanité.

Il se trouve que la France aura été, en dépit de tant d'efforts courageux, l'un des derniers pays, presque le dernier – et je baisse la voix pour le dire – en Europe occidentale, dont elle a été si souvent le foyer et le pôle, à abolir la peine de mort.

Pourquoi ce retard ? Voilà la première question qui se pose à nous.

Ce n'est pas la faute du génie national. C'est de France, c'est de cette enceinte, souvent, que se sont levées les plus grandes voix, celles qui ont résonné le plus haut et le plus loin dans la conscience humaine, celles qui ont soutenu, avec le plus d'éloquence, la cause de l'abolition. Vous avez, fort justement, monsieur Forni, rappelé Hugo, j'y ajouterai, parmi les écrivains, Camus. Comment, dans cette enceinte, ne pas penser aussi à Gambetta, à Clemenceau et surtout au grand Jaurès ? Tous se sont levés. Tous ont soutenu la cause de l'abolition. Alors pourquoi le silence a-t-il persisté et pourquoi n'avons-nous pas aboli ?

Je ne pense pas non plus que ce soit à cause du tempérament national. Les Français ne sont certes pas plus répressifs, moins humains que les autres peuples. Je le sais par expérience. Juges et jurés français savent être aussi généreux que les autres. La réponse n'est donc pas là. Il faut la chercher ailleurs.

Pour ma part j'y vois une explication qui est d'ordre politique. Pourquoi ?

L'abolition, je l'ai dit, regroupe, depuis deux siècles, des femmes et des hommes de toutes les classes politiques et, bien au-delà, de toutes les couches de la nation.

Mais si l'on considère l'histoire de notre pays, on remarquera que l'abolition, en tant que telle, a toujours été une des grandes causes de la gauche française. Quand je dis gauche, comprenez-moi, j'entends forces de changement, forces de progrès, parfois forces de révolution, celles qui, en tout cas, font avancer l'histoire. *(Applaudissements sur les bancs des socialistes, sur de nombreux bancs des communistes et sur quelques bancs de l'Union pour la démocratie française.)*

Examinez simplement ce qui est la vérité. Regardez-la.

J'ai rappelé 1791, la première Constituante, la grande Constituante. Certes elle n'a pas aboli, mais elle a posé la question, audace prodigieuse en Europe à cette époque. Elle a réduit le champ de la peine de mort plus que partout ailleurs en Europe.

La première assemblée républicaine que la France ait connue, la grande Convention, le 4 brumaire an IV de la République, a proclamé que la peine de mort était abolie en France à dater de l'instant où la paix générale serait rétablie.

M. Albert Brochard[1] : On sait ce que cela a coûté en Vendée !

Plusieurs députés socialistes : Silence, les chouans !

M. le garde des Sceaux : La paix fut rétablie mais avec elle Bonaparte arriva. Et la peine de mort s'inscrivit dans le Code pénal qui est encore le nôtre, plus pour longtemps, il est vrai.

Mais suivons les élans.

La révolution de 1830 a engendré, en 1832, la généralisation des circonstances atténuantes ; le nombre des condamnations à mort diminue aussitôt de moitié.

La révolution de 1848 entraîna l'abolition de la peine de mort en matière politique, que la France ne remettra plus en cause jusqu'à la guerre de 1939.

Il faudra attendre ensuite qu'une majorité de gauche soit établie au centre de la vie politique française, dans les années qui suivent 1900, pour que soit à nouveau soumise aux représentants du peuple la question de l'abolition. C'est alors qu'ici même s'affrontèrent, dans un débat dont l'histoire de l'éloquence conserve pieusement le souvenir vivant, et Barrès[2] et Jaurès.

---

1. Albert Brochard (1923-2004), député UDF, Deux-Sèvres.

2. V. présentation, discours et chronologie concernant Maurice Barrès.

Jaurès – que je salue en votre nom à tous – a été, de tous les orateurs de la gauche, de tous les socialistes, celui qui a mené le plus haut, le plus loin, le plus noblement l'éloquence du cœur et l'éloquence de la raison, celui qui a servi, comme personne, le socialisme, la liberté et l'abolition. *(Applaudissements sur les bancs des socialistes et sur plusieurs bancs des communistes.)*

Jaurès… *(Interruptions sur les bancs de l'Union pour la démocratie française et du Rassemblement pour la République.)*

Il y a des noms qui gênent encore certains d'entre vous ? *(Applaudissements sur les bancs des socialistes et des communistes.)*

M. Michel Noir[1] : Provocateur !

M. Jean Brocard[2] : Vous n'êtes pas à la cour, mais à l'Assemblée !

M. le président : Messieurs de l'opposition, je vous en prie.

Jaurès appartient, au même titre que d'autres hommes politiques, à l'histoire de notre pays. *(Applaudissements sur les mêmes bancs.)*

M. Roger Corrèze[3] : Mais pas Badinter !

---

1. Michel Noir (1944-), député RPR, Rhône.
2. Jean Brocard (1920-), député UDF, Haute-Savoie.
3. Roger Corrèze (1920-), député UDR, Loir-et-Cher.

M. Robert Wagner[1] : Il vous manque des manches, monsieur le garde des Sceaux !

M. le président : Veuillez continuer, monsieur le garde des Sceaux.

M. le garde des Sceaux : Messieurs, j'ai salué Barrès en dépit de l'éloignement de nos conceptions sur ce point ; je n'ai pas besoin d'insister.

Mais je dois rappeler, puisque, à l'évidence, sa parole n'est pas éteinte en vous, la phrase que prononça Jaurès : « La peine de mort est contraire à ce que l'humanité depuis deux mille ans a pensé de plus haut et rêve de plus noble. Elle est contraire à la fois à l'esprit du christianisme et à l'esprit de la Révolution. »

En 1908, Briand[2], à son tour, entreprit de demander à la Chambre l'abolition. Curieusement, il ne le fit pas en usant de son éloquence. Il s'efforça de convaincre en représentant à la Chambre une donnée très simple, que l'expérience récente – de l'école positiviste – venait de mettre en lumière.

Il fit observer en effet que, par suite du tempérament divers des Présidents de la République, qui se sont succédé à cette époque de grande stabilité sociale et économique, la pratique de la peine de

---

1. Robert Wagner (1911-1988), député UDR, Yvelines.
2. Aristide Briand (1862-1932), ministre de la Justice du gouvernement Clemenceau.

mort avait singulièrement évolué pendant deux fois dix ans : 1888-1897, les Présidents faisaient exécuter ; 1898-1907, les Présidents – Loubet, Fallières[1] – abhorraient la peine de mort et, par conséquent, accordaient systématiquement la grâce. Les données étaient claires : dans la première période où l'on pratique l'exécution : 3 066 homicides ; dans la seconde période, où la douceur des hommes fait qu'ils y répugnent et que la peine de mort disparaît de la pratique répressive : 1 068 homicides, près de la moitié.

Telle est la raison pour laquelle Briand, au-delà même des principes, vint demander à la Chambre d'abolir la peine de mort qui, la France venait ainsi de le mesurer, n'était pas dissuasive.

Il se trouva qu'une partie de la presse entreprit aussitôt une campagne très violente contre les abolitionnistes. Il se trouva qu'une partie de la Chambre n'eut point le courage d'aller vers les sommets que lui montrait Briand. C'est ainsi que la peine de mort demeura en 1908 dans notre droit et dans notre pratique.

Depuis lors – soixante-quinze ans – jamais une assemblée parlementaire n'a été saisie d'une demande de suppression de la peine de mort.

Je suis convaincu – cela vous fera plaisir – d'avoir

---

1. Émile Loubet (1838-1929), Armand Fallières (1841-1931), Présidents de la République entre 1899 et 1913.

certes moins d'éloquence que Briand mais je suis sûr que, vous, vous aurez plus de courage et c'est cela qui compte.

M. Albert Brochard : Si c'est cela le courage !

M. Robert Aumont[1] : Cette interruption est malvenue !

M. Roger Corrèze : Il y a eu aussi des gouvernements de gauche pendant tout ce temps !

M. le garde des Sceaux : Les temps passèrent.

On peut s'interroger : pourquoi n'y a-t-il rien eu en 1936 ? La raison est que le temps de la gauche fut compté. L'autre raison, plus simple, est que la guerre pesait déjà sur les esprits. Or, les temps de guerre ne sont pas propices à poser la question de l'abolition. Il est vrai que la guerre et l'abolition ne cheminent pas ensemble.

La Libération. Je suis convaincu, pour ma part, que, si le gouvernement de la Libération n'a pas posé la question de l'abolition, c'est parce que les temps troublés, les crimes de la guerre, les épreuves terribles de l'occupation faisaient que les sensibilités n'étaient pas à cet égard prêtes. Il fallait que reviennent non seulement la paix des armes mais aussi la paix des cœurs.

Cette analyse vaut aussi pour les temps de la décolonisation.

---

1. Robert Aumont (1922-), député socialiste, Aisne.

C'est seulement après ces épreuves historiques qu'en vérité pouvait être soumise à votre assemblée la grande question de l'abolition.

Je n'irai pas plus loin dans l'interrogation – M. Forni l'a fait –, mais pourquoi, au cours de la dernière législature, les gouvernements n'ont-ils pas voulu que votre assemblée soit saisie de l'abolition alors que la commission des lois et tant d'entre vous, avec courage, réclamaient ce débat ? Certains membres du gouvernement – et non des moindres – s'étaient déclarés, à titre personnel, partisans de l'abolition, mais on avait le sentiment à entendre ceux qui avaient la responsabilité de la proposer, que, dans ce domaine, il était, là encore, urgent d'attendre.

Attendre, après deux cents ans !

Attendre, comme si la peine de mort ou la guillotine était un fruit qu'on devrait laisser mûrir avant de le cueillir !

Attendre ? Nous savons bien en vérité que la cause était la crainte de l'opinion publique. D'ailleurs, certains vous diront, mesdames, messieurs les députés, qu'en votant l'abolition vous méconnaîtriez les règles de la démocratie parce que vous ignoreriez l'opinion publique. Il n'en est rien.

Nul plus que vous, à l'instant du vote sur l'abolition, ne respectera la loi fondamentale de la démocratie.

Je me réfère non pas seulement à cette conception selon laquelle le Parlement est, suivant l'image employée par un grand Anglais, un phare qui ouvre la voie de l'ombre pour le pays, mais simplement à la loi fondamentale de la démocratie qui est la volonté du suffrage universel et, pour les élus, le respect du suffrage universel.

Or, à deux reprises, la question a été directement – j'y insiste – posée devant l'opinion publique.

Le Président de la République a fait connaître à tous, non seulement son sentiment personnel, son aversion pour la peine de mort, mais aussi, très clairement, sa volonté de demander au Gouvernement de saisir le Parlement d'une demande d'abolition, s'il était élu. Le pays lui a répondu : oui.

Il y a eu ensuite des élections législatives. Au cours de la campagne électorale, il n'est pas un des partis de gauche qui n'ait fait figurer publiquement dans son programme…

M. Albert Brochard : Quel programme ?

M. le garde des Sceaux :… l'abolition de la peine de mort. Le pays a élu une majorité de gauche ; ce faisant, en connaissance de cause, il savait qu'il approuvait un programme législatif dans lequel se trouvait inscrite, au premier rang des obligations morales, l'abolition de la peine de mort.

Lorsque vous la voterez, c'est ce pacte solennel, celui qui lie l'élu au pays, celui qui fait que son premier devoir d'élu est le respect de l'engagement pris avec ceux qui l'ont choisi, cette démarche de respect du suffrage universel et de la démocratie qui sera la vôtre.

D'autres vous diront que l'abolition, parce qu'elle pose question à toute conscience humaine, ne devrait être décidée que par la voie de référendum. Si l'alternative existait, la question mériterait sans doute examen. Mais, vous le savez aussi bien que moi et Raymond Forni l'a rappelé, cette voie est constitutionnellement fermée.

Je rappelle à l'Assemblée – mais en vérité ai-je besoin de le faire ? – que le général de Gaulle, fondateur de la Ve République, n'a pas voulu que les questions de société ou, si l'on préfère, les questions de morale soient tranchées par la procédure référendaire.

Je n'ai pas besoin non plus de vous rappeler, mesdames, messieurs les députés, que la sanction pénale de l'avortement aussi bien que de la peine de mort se trouvent inscrites dans les lois pénales qui, aux termes de la Constitution, relèvent de votre seul pouvoir.

Par conséquent, prétendre s'en rapporter à un référendum, ne vouloir répondre que par un référendum, c'est méconnaître délibérément à la fois l'esprit et la lettre de la Constitution et c'est, par une fausse habileté, refuser de se prononcer publiquement par peur de l'opinion publique. *(Applaudissements sur les bancs des socialistes et sur quelques bancs des communistes.)*

Rien n'a été fait pendant les années écoulées pour éclairer cette opinion publique. Au contraire ! On a refusé l'expérience des pays abolitionnistes ; on ne s'est jamais interrogé sur le fait essentiel que les grandes démocraties occidentales, nos proches, nos sœurs, nos voisines, pouvaient vivre sans la peine de mort. On a négligé les études conduites par toutes les grandes organisations internationales, tels le Conseil de l'Europe, le Parlement européen, les Nations unies elles-mêmes dans le cadre du comité d'études contre le crime. On a occulté leurs constantes conclusions. Il n'a jamais, jamais été établi une corrélation quelconque entre la présence ou l'absence de la peine de mort dans une législation pénale et la courbe de la criminalité sanglante. On a, par contre, au lieu de révéler et de souligner ces évidences, entretenu l'angoisse, stimulé la peur, favorisé la confusion. On a bloqué le phare sur l'accroissement indiscutable, douloureux, et auquel il faudra faire face, mais qui est lié à des conjonctures économiques et sociales, de la petite et moyenne délinquance de violence, celle qui, de toute façon, n'a jamais relevé de la peine de mort. Mais tous les esprits loyaux s'accordent sur le fait qu'en France la criminalité sanglante n'a jamais varié – et même, compte tenu du nombre d'habitants, tend plutôt à stagner ; on s'est tu. En un mot, s'agissant de l'opinion, parce qu'on pensait aux suffrages, on a attisé l'angoisse collective et on a refusé à l'opinion publique les défenses de la raison. *(Applaudisse-ments sur les bancs des socialistes et sur quelques bancs des communistes.)*

En vérité, la question de la peine de mort est simple pour qui veut l'analyser avec lucidité. Elle ne se pose pas en termes de dissuasion, ni même de technique répressive, mais en termes de choix politique ou de choix moral.

Je l'ai déjà dit, mais je le répète volontiers au regard du grand silence antérieur : le seul résultat auquel ont conduit toutes les recherches menées par les criminologues est la constatation de l'absence de lien entre la peine de mort et l'évolution de la criminalité sanglante. Je rappelle encore à cet égard les travaux du Conseil de l'Europe de 1962 ; le Livre blanc anglais, prudente recherche menée à travers tous les pays abolitionnistes avant que les Anglais ne se décident à abolir la peine de mort et ne refusent depuis lors, par deux fois, de la rétablir ; le Livre blanc canadien, qui a procédé selon la même méthode ; les travaux conduits par le Comité pour la prévention du crime créé par l'ONU, dont les derniers textes ont été élaborés l'année dernière à Caracas ; enfin, les travaux conduits par le Parlement européen, auxquels j'associe notre amie Mme Roudy[1], et qui ont

---

1. Yvette Roudy (1929-), députée européenne de 1979 à 1981, puis ministre des Droits de la femme de 1981 à 1986, et députée socialiste du Calvados.

abouti à ce vote essentiel par lequel cette assemblée, au nom de l'Europe qu'elle représente, de l'Europe occidentale bien sûr, s'est prononcée à une écrasante majorité pour que la peine de mort disparaisse de l'Europe. Tous, tous se rejoignent sur la conclusion que j'évoquais.

Il n'est pas difficile d'ailleurs, pour qui veut s'interroger loyalement, de comprendre pourquoi il n'y a pas entre la peine de mort et l'évolution de la criminalité sanglante ce rapport dissuasif que l'on s'est si souvent appliqué à chercher sans trouver sa source ailleurs, et j'y reviendrai dans un instant. Si vous y réfléchissez simplement, les crimes les plus terribles, ceux qui saisissent le plus la sensibilité publique – et on le comprend –, ceux qu'on appelle les crimes atroces sont commis le plus souvent par des hommes emportés par une pulsion de violence et de mort qui abolit jusqu'aux défenses de la raison. À cet instant de folie, à cet instant de passion meurtrière, l'évocation de la peine, qu'elle soit de mort ou qu'elle soit perpétuelle, ne trouve pas sa place chez l'homme qui tue.

Qu'on ne me dise pas que, ceux-là, on ne les condamne pas à mort. Il suffirait de reprendre les annales des dernières années pour se convaincre du contraire. Olivier[1], exécuté, dont l'autopsie a

---

1. Jean-Laurent Olivier, exécuté le 11 mars 1969.

révélé que son cerveau présentait des anomalies frontales. Et Carrein[1], et Rousseau, et Garceau[2].

Quant aux autres, les criminels dits de sang-froid, ceux qui pèsent les risques, ceux qui méditent le profit et la peine, ceux-là, jamais vous ne les retrouverez dans des situations où ils risquent l'échafaud. Truands raisonnables, profiteurs du crime, criminels organisés, proxénètes, trafiquants, maffiosi, jamais vous ne les trouverez dans ces situations-là. Jamais ! *(Applaudissements sur les bancs des socialistes et des communistes.)*

Ceux qui interrogent les annales judiciaires, car c'est là où s'inscrit dans sa réalité la peine de mort, savent que dans les trente dernières années vous n'y trouvez pas le nom d'un « grand » gangster, si l'on peut utiliser cet adjectif en parlant de ce type d'hommes. Pas un seul « ennemi public » n'y a jamais figuré.

M. Jean Brocard : Et Mesrine[3] ?

---

1. Jérôme Carrein, exécuté le 23 juin 1977.
2. Michel Rousseau, condamné à mort en 1977, il sera rejugé en 1979 et condamné à la prison à perpétuité ; Norbert Garceau, condamné à mort pour viol et meurtre en 1958, il est gracié en 1973, sort de prison en 1978, et récidive.
3. Jacques Mesrine, gangster français né en 1936, abattu par la police le 2 novembre 1979.

M. Hyacinthe Santoni[1] : Et Buffet ? Et Bontems[2] ?

M. le garde des Sceaux : Ce sont les autres, ceux que j'évoquais précédemment qui peuplent ces annales.

En fait, ceux qui croient à la valeur dissuasive de la peine de mort méconnaissent la vérité humaine. La passion criminelle n'est pas plus arrêtée par la peur de la mort que d'autres passions ne le sont qui, celles-là, sont nobles.

Et si la peur de la mort arrêtait les hommes, vous n'auriez ni grands soldats, ni grands sportifs. Nous les admirons, mais ils n'hésitent pas devant la mort. D'autres, emportés par d'autres passions, n'hésitent pas non plus. C'est seulement pour la peine de mort qu'on invente l'idée que la peur de la mort retient l'homme dans ses passions extrêmes. Ce n'est pas exact.

Et, puisqu'on vient de prononcer le nom de deux condamnés à mort qui ont été exécutés, je vous dirai pourquoi, plus qu'aucun autre, je puis affirmer qu'il n'y a pas dans la peine de mort de valeur dissuasive : sachez bien que, dans la foule qui, autour du palais de justice de Troyes, criait au passage de Buffet et de Bontems : « À mort

---

1. Hyacinthe Santoni (1939-), député RPR, Bouches-du-Rhône.
2. Claude Buffet et Roger Bontems, exécutés le 28 novembre 1972.

Buffet ! À mort Bontems ! » se trouvait un jeune homme qui s'appelait Patrick Henry[1]. Croyez-moi, à ma stupéfaction, quand je l'ai appris, j'ai compris ce que pouvait signifier, ce jour-là, la valeur dissuasive de la peine de mort ! *(Applaudissements sur les bancs des socialistes et des communistes.)*

M. Pierre Micaux[2] : Allez l'expliquer à Troyes !

M. le garde des Sceaux : Et pour vous qui êtes hommes d'État, conscients de vos responsabilités, croyez-vous que les hommes d'État, nos amis, qui dirigent le sort et qui ont la responsabilité des grandes démocraties occidentales, aussi exigeante que soit en eux la passion des valeurs morales qui sont celles des pays de liberté, croyez-vous que ces hommes responsables auraient voté l'abolition ou n'auraient pas rétabli la peine capitale s'ils avaient pensé que celle-ci pouvait être de quelque utilité par sa valeur dissuasive contre la criminalité sanglante ? Ce serait leur faire injure que de le penser.

M. Albert Brochard : Et en Californie ?
Reagan est sans doute un rigolo !

M. le garde des Sceaux : Nous lui transmettrons le propos. Je suis sûr qu'il appréciera l'épithète !

---

1. Patrick Henry, meurtrier d'un jeune garçon de 7 ans, défendu par Robert Badinter, échappe à la peine de mort.
2. Pierre Micaux (1930-), député UDR, Aube.

Il suffit, en tout cas, de vous interroger très concrètement et de prendre la mesure de ce qu'aurait signifié exactement l'abolition si elle avait été votée en France en 1974, quand le précédent Président de la République confessait volontiers, mais généralement en privé, son aversion personnelle pour la peine de mort.

L'abolition votée en 1974, pour le septennat qui s'est achevé en 1981, qu'aurait-elle signifié pour la sûreté et la sécurité des Français ? Simplement ceci : trois condamnés à mort, qui se seraient ajoutés aux 333 qui se trouvent actuellement dans nos établissements pénitentiaires. Trois de plus.

Lesquels ? Je vous les rappelle. Christian Ranucci[1] : je n'aurais garde d'insister, il y a trop d'interrogations qui se lèvent à son sujet, et ces seules interrogations suffisent, pour toute conscience éprise de justice, à condamner la peine de mort. Jérôme Carrein : débile, ivrogne, qui a commis un crime atroce, mais qui avait pris par la main devant tout le village la petite fille qu'il allait tuer quelques instants plus tard, montrant par là même qu'il ignorait la force qui allait l'emporter. *(Murmures sur plusieurs bancs du Rassemblement pour la République et de l'Union pour la démocratie française.)* Enfin, Djandoubi[2], qui était unijambiste et qui, quelle que soit l'horreur – et le terme

---

1. Christian Ranucci, exécuté le 28 juillet 1976.
2. Hamida Djandoubi, exécuté le 10 septembre 1977.

n'est pas trop fort – de ses crimes, présentait tous les signes d'un déséquilibre et qu'on a emporté sur l'échafaud après lui avoir enlevé sa prothèse.

Loin de moi l'idée d'en appeler à une pitié posthume : ce n'est ni le lieu ni le moment, mais ayez simplement présent à votre esprit que l'on s'interroge encore à propos de l'innocence du premier, que le deuxième était un débile et le troisième un unijambiste.

Peut-on prétendre que si ces trois hommes se trouvaient dans les prisons françaises la sécurité de nos concitoyens se trouverait de quelque façon compromise ?

M. Albert Brochard : Ce n'est pas croyable ! Nous ne sommes pas au prétoire !

M. le garde des Sceaux : C'est cela la vérité et la mesure exacte de la peine de mort. C'est simplement cela. *(Applaudissements prolongés sur les bancs des socialistes et des communistes.)*

M. Jean Brocard : Je quitte les assises.

M. le président : C'est votre droit !

M. Albert Brochard : Vous êtes garde des Sceaux et non avocat !

M. le garde des Sceaux : Et cette réalité…

M. Roger Corrèze : Votre réalité !

M. le garde des Sceaux :… semble faire fuir.

La question ne se pose pas, et nous le savons tous, en termes de dissuasion ou de technique répressive, mais en termes politiques et surtout de choix moral.

Que la peine de mort ait une signification politique, il suffirait de regarder la carte du monde pour le constater. Je regrette qu'on ne puisse pas présenter une telle carte à l'Assemblée comme cela fut fait au Parlement européen. On y verrait les pays abolitionnistes et les autres, les pays de liberté et les autres.

M. Charles Miossec[1] : Quel amalgame !

M. le garde des Sceaux : Les choses sont claires. Dans la majorité écrasante des démocraties occidentales, en Europe particulièrement, dans tous les pays où la liberté est inscrite dans les institutions et respectée dans la pratique, la peine de mort a disparu.

M. Claude Marcus[2] : Pas aux États-Unis.

M. le garde des Sceaux : J'ai dit en Europe occidentale, mais il est significatif que vous ajoutiez les États-Unis. Le calque est presque complet. Dans les pays de liberté, la loi commune est l'abolition, c'est la peine de mort qui est l'exception.

M. Roger Corrèze : Pas dans les pays socialistes.

---

1. Charles Miossec (1938-), député RPR, Finistère.
2. Claude Marcus (1933-), député UDR, Paris.

M. le garde des Sceaux : Je ne vous le fais pas dire.

Partout, dans le monde, et sans aucune exception, où triomphent la dictature et le mépris des droits de l'homme, partout vous y trouvez inscrite, en caractères sanglants, la peine de mort. *(Applaudissements sur les bancs des socialistes.)*

M. Roger Corrèze : Les communistes en ont pris acte !

M. Gérard Chasseguet[1] : Les communistes ont apprécié.

M. le garde des Sceaux : Voici la première évidence : dans les pays de liberté l'abolition est presque partout la règle ; dans les pays où règne la dictature, la peine de mort est partout pratiquée.

Ce partage du monde ne résulte pas d'une simple coïncidence, mais exprime une corrélation. La vraie signification politique de la peine de mort, c'est bien qu'elle procède de l'idée que l'État a le droit de disposer du citoyen jusqu'à lui retirer la vie. C'est par là que la peine de mort s'inscrit dans les systèmes totalitaires.

C'est par là même que vous retrouvez, dans la réalité judiciaire, et jusque dans celle qu'évoquait Raymond Forni, la vraie signification de la peine de mort. Dans la réalité judiciaire, qu'est-ce

---

1. Gérard Chasseguet (1930-), député RPR, Sarthe.

que la peine de mort ? Ce sont douze hommes et femmes, deux jours d'audience, l'impossibilité d'aller jusqu'au fond des choses et le droit, ou le devoir, terrible, de trancher, en quelques quarts d'heure, parfois quelques minutes, le problème si difficile de la culpabilité, et, au-delà, de décider de la vie ou de la mort d'un autre être. Douze personnes, dans une démocratie, qui ont le droit de dire : celui-là doit vivre, celui-là doit mourir ! Je le dis : cette conception de la justice ne peut être celle des pays de liberté, précisément pour ce qu'elle comporte de signification totalitaire.

Quant au droit de grâce, il convient, comme Raymond Forni l'a rappelé, de s'interroger à son sujet. Lorsque le roi représentait Dieu sur la terre, qu'il était oint par la volonté divine, le droit de grâce avait un fondement légitime. Dans une civilisation, dans une société dont les institutions sont imprégnées par la foi religieuse, on comprend aisément que le représentant de Dieu ait pu disposer du droit de vie ou de mort. Mais dans une république, dans une démocratie, quels que soient ses mérites, quelle que soit sa conscience, aucun homme, aucun pouvoir ne saurait disposer d'un tel droit sur quiconque en temps de paix.

M. Jean Falala[1] : Sauf les assassins !

M. le garde des Sceaux : Je sais qu'aujourd'hui

---

1. Jean Falala (1929-2005), député UDR, Marne.

– et c'est là un problème majeur – certains voient dans la peine de mort une sorte de recours ultime, une forme de défense extrême de la démocratie contre la menace grave que constitue le terrorisme. La guillotine, pensent-ils, protégerait éventuellement la démocratie au lieu de la déshonorer.

Cet argument procède d'une méconnaissance complète de la réalité. En effet, l'Histoire montre que s'il est un type de crime qui n'a jamais reculé devant la menace de mort, c'est le crime politique. Et, plus spécifiquement, s'il est un type de femme ou d'homme que la menace de la mort ne saurait faire reculer, c'est bien le terroriste. D'abord, parce qu'il l'affronte au cours de l'action violente ; ensuite parce qu'au fond de lui, il éprouve cette trouble fascination de la violence et de la mort, celle qu'on donne, mais aussi celle qu'on reçoit. Le terrorisme qui, pour moi, est un crime majeur contre la démocratie, et qui, s'il devait se lever dans ce pays, serait réprimé et poursuivi avec toute la fermeté requise, a pour cri de ralliement, quelle que soit l'idéologie qui l'anime, le terrible cri des fascistes de la guerre d'Espagne : « *Viva la muerte !* », « Vive la mort ! ». Alors, croire qu'on l'arrêtera avec la mort, c'est illusion.

Allons plus loin. Si, dans les démocraties voisines, pourtant en proie au terrorisme, on se refuse à rétablir la peine de mort, c'est, bien sûr, par exigence morale, mais aussi par raison politique. Vous savez, en effet, que, aux yeux de cer-

32

tains et surtout des jeunes, l'exécution du terroriste le transcende, le dépouille de ce qu'a été la réalité criminelle de ses actions, en fait une sorte de héros qui aurait été jusqu'au bout de sa course, qui, s'étant engagé au service d'une cause, aussi odieuse soit-elle, l'aurait servie jusqu'à la mort. Dès lors, apparaît le risque considérable, que précisément les hommes d'État des démocraties amies ont pesé, de voir se lever dans l'ombre, pour un terroriste exécuté, vingt jeunes gens égarés. Ainsi, loin de le combattre, la peine de mort nourrirait le terrorisme. *(Applaudissements sur les bancs des socialistes et sur quelques bancs des communistes.)*

À cette considération de fait, il faut ajouter une donnée morale : utiliser contre les terroristes la peine de mort, c'est, pour une démocratie, faire siennes les valeurs de ces derniers. Quand, après l'avoir arrêté, après lui avoir extorqué des correspondances terribles, les terroristes, au terme d'une parodie dégradante de justice, exécutent celui qu'ils ont enlevé, non seulement ils commettent un crime odieux, mais ils tendent à la démocratie le piège le plus insidieux, celui d'une violence meurtrière qui, en forçant cette démocratie à recourir à la peine de mort, pourrait leur permettre de lui donner, par une sorte d'inversion des valeurs, le visage sanglant qui est le leur.

Cette tentation, il faut la refuser, sans jamais, pour autant, composer avec cette forme ultime de la violence, intolérable dans une démocratie, qu'est le terrorisme.

Mais lorsqu'on a dépouillé le problème de son aspect passionnel et qu'on veut aller jusqu'au bout de la lucidité, on constate que le choix entre le maintien et l'abolition de la peine de mort, c'est, en définitive, pour une société et pour chacun d'entre nous, un choix moral.

Je ne ferai pas usage de l'argument d'autorité, car ce serait malvenu au Parlement, et trop facile dans cette enceinte. Mais on ne peut pas ne pas relever que, dans les dernières années, se sont prononcés hautement contre la peine de mort, l'Église catholique de France, le Conseil de l'Église réformée et le rabbinat. Comment ne pas souligner que toutes les grandes associations internationales qui militent de par le monde pour la défense des libertés et des droits de l'homme – Amnesty International, l'Association internationale des droits de l'homme, la Ligue des droits de l'homme – ont fait campagne pour que vienne l'abolition de la peine de mort.

M. Albert Brochard : Sauf les familles des victimes *(Murmures prolongés sur les bancs des socialistes.)*

M. le garde des Sceaux : Cette conjonction de tant de consciences religieuses ou laïques, hommes de Dieu et hommes de libertés, à une époque où l'on parle sans cesse de crise des valeurs morales, est significative.

M. Pierre-Charles Krieg[1] : Et 33 % des Français !

M. le garde des Sceaux : Pour les partisans de la peine de mort, dont les abolitionnistes et moi-même avons toujours respecté le choix en notant à regret que la réciproque n'a pas toujours été vraie, la haine répondant souvent à ce qui n'était que l'expression d'une conviction profonde, celle que je respecterai toujours chez les hommes de libertés, pour les partisans de la peine de mort, disais-je, la mort du coupable est une exigence de justice. Pour eux, il est en effet des crimes trop atroces pour que leurs auteurs puissent les expier autrement qu'au prix de leur vie.

La mort et la souffrance des victimes, ce terrible malheur, exigeraient comme contrepartie nécessaire, impérative, une autre mort et une autre souffrance. À défaut, déclarait un ministre de la Justice récent, l'angoisse et la passion suscitées dans la société par le crime ne seraient pas apaisées. Cela s'appelle, je crois, un sacrifice expiatoire. Et justice, pour les partisans de la peine de mort, ne serait pas faite si à la mort de la victime ne répondait pas, en écho, la mort du coupable.

Soyons clairs. Cela signifie simplement que la loi du talion demeurerait, à travers les millénaires, la loi nécessaire, unique de la justice humaine.

---

1. Pierre-Charles Krieg (1922-), député UDR, Paris.

Du malheur et de la souffrance des victimes, j'ai, beaucoup plus que ceux qui s'en réclament, souvent mesuré dans ma vie l'étendue. Que le crime soit le point de rencontre, le lieu géométrique du malheur humain, je le sais mieux que personne. Malheur de la victime elle-même et, au-delà, malheur de ses parents et de ses proches. Malheur aussi des parents du criminel. Malheur enfin, bien souvent, de l'assassin. Oui, le crime est malheur, et il n'y a pas un homme, pas une femme de cœur, de raison, de responsabilité, qui ne souhaite d'abord le combattre.

Mais ressentir, au profond de soi-même, le malheur et la douleur des victimes, mais lutter de toutes les manières pour que la violence et le crime reculent dans notre société, cette sensibilité et ce combat ne sauraient impliquer la nécessaire mise à mort du coupable. Que les parents et les proches de la victime souhaitent cette mort, par réaction naturelle de l'être humain blessé, je le comprends, je le conçois. Mais c'est une réaction humaine, naturelle. Or tout le progrès historique de la justice a été de dépasser la vengeance privée. Et comment la dépasser, sinon d'abord en refusant la loi du talion ?

La vérité est que, au plus profond des motivations de l'attachement à la peine de mort, on trouve, inavouée le plus souvent, la tentation de l'élimination. Ce qui paraît insupportable à beaucoup, c'est moins la vie du criminel emprisonné que la peur qu'il récidive un jour. Et ils pensent que la seule garantie, à cet égard, est que le criminel soit mis à mort par précaution.

Ainsi, dans cette conception, la justice tuerait moins par vengeance que par prudence. Au-delà de la justice d'expiation, apparaît donc la justice d'élimination, derrière la balance, la guillotine. L'assassin doit mourir tout simplement parce que, ainsi, il ne récidivera pas. Et tout paraît si simple, et tout paraît si juste !

Mais quand on accepte ou quand on prône la justice d'élimination, au nom de la justice, il faut bien savoir dans quelle voie on s'engage. Pour être acceptable, même pour ses partisans, la justice qui tue le criminel doit tuer en connaissance de cause. Notre justice, et c'est son honneur, ne tue pas les déments. Mais elle ne sait pas les identifier à coup sûr, et c'est à l'expertise psychiatrique, la plus aléatoire, la plus incertaine de toutes, que, dans la réalité judiciaire, on va s'en remettre. Que le verdict psychiatrique soit favorable à l'assassin, et il sera épargné. La société acceptera d'assumer le risque qu'il représente sans que quiconque s'en indigne. Mais que le verdict psychiatrique lui soit défavorable, et il sera exécuté. Quand on accepte la justice d'élimination, il faut que les responsables politiques mesurent dans quelle logique de l'Histoire on s'inscrit.

Je ne parle pas de sociétés où l'on élimine aussi bien les criminels que les déments, les opposants politiques que ceux dont on pense qu'ils seraient de nature à « polluer » le corps social. Non, je m'en tiens à la justice des pays qui vivent en démocratie.

Enfoui, terré, au cœur même de la justice d'élimination, veille le racisme secret. Si, en 1972, la Cour suprême des États-Unis a penché vers l'abolition, c'est essentiellement parce qu'elle avait constaté que 60 % des condamnés à mort étaient des Noirs, alors qu'ils ne représentaient que 12 % de la population. Et pour un homme de justice, quel vertige ! Je baisse la voix et je me tourne vers vous tous pour rappeler qu'en France même, sur trente-six condamnations à mort définitives prononcées depuis 1945, on compte neuf étrangers, soit 25 %, alors qu'ils ne représentent que 8 % de la population ; parmi eux cinq Maghrébins, alors qu'ils ne représentent que 2 % de la population. Depuis 1965, parmi les neuf condamnés à mort exécutés, on compte quatre étrangers, dont trois Maghrébins. Leurs crimes étaient-ils plus odieux que les autres ou bien paraissaient-ils plus graves parce que leurs auteurs, à cet instant, faisaient secrètement horreur ? C'est une interrogation, ce n'est qu'une interrogation, mais elle est si pressante et si lancinante que seule l'abolition peut mettre fin à une interrogation qui nous interpelle avec tant de cruauté.

Il s'agit bien, en définitive, dans l'abolition, d'un choix fondamental, d'une certaine conception de l'homme et de la justice. Ceux qui veulent une justice qui tue, ceux-là sont animés par une double conviction : qu'il existe des hommes totalement coupables, c'est-à-dire des hommes totalement responsables de leurs actes, et qu'il peut y avoir une justice sûre de son infaillibilité au point de dire que celui-là peut vivre et que celui-là doit mourir.

À cet âge de ma vie, l'une et l'autre affirmations me paraissent également erronées. Aussi terribles, aussi odieux que soient leurs actes, il n'est point d'hommes en cette terre dont la culpabilité soit totale et dont il faille pour toujours désespérer totalement. Aussi prudente que soit la justice, aussi mesurés et angoissés que soient les femmes et les hommes qui jugent, la justice demeure humaine, donc faillible.

Et je ne parle pas seulement de l'erreur judiciaire absolue, quand, après une exécution, il se révèle, comme cela peut encore arriver, que le condamné à mort était innocent et qu'une société entière – c'est-à-dire nous tous – au nom de laquelle le verdict a été rendu devient ainsi collectivement coupable puisque sa justice rend possible l'injustice suprême. Je parle aussi de l'incertitude et de la contradiction des décisions rendues qui font que les mêmes accusés, condamnés à mort une première fois, dont la condamnation est cassée pour vice de forme, sont de nouveau jugés et, bien qu'il s'agisse des mêmes faits, échappent, cette fois-ci, à la mort, comme si, en justice, la vie d'un homme se jouait au hasard d'une erreur de plume d'un greffier. Ou bien tels condamnés, pour des crimes moindres, seront exécutés, alors que d'autres, plus coupables, sauveront leur tête à la faveur de la passion de l'audience, du climat ou de l'emportement de tel ou tel.

Cette sorte de loterie judiciaire, quelle que soit la peine qu'on éprouve à prononcer ce mot quand il y va de la vie d'une femme ou d'un homme, est intolérable. Le plus haut magistrat de France, M. Aydalot, au terme d'une longue carrière tout entière consacrée à la justice et, pour la plupart de son activité, au parquet, disait que, à la mesure de sa hasardeuse application, la peine de mort lui était devenue, à lui magistrat, insupportable. Parce qu'aucun homme n'est totalement responsable, parce que, aucune justice ne peut être absolument infaillible, la peine de mort est moralement inacceptable. Pour ceux d'entre nous qui croient en Dieu, lui seul a le pouvoir de choisir l'heure de notre mort. Pour tous les abolitionnistes, il est impossible de reconnaître à la justice des hommes ce pouvoir de mort parce qu'ils savent qu'elle est faillible.

Le choix qui s'offre à vos consciences est donc clair : ou notre société refuse une justice qui tue et accepte d'assumer, au nom de ses valeurs fondamentales – celles qui l'ont faite grande et respectée entre toutes – la vie de ceux qui font horreur, déments ou criminels ou les deux à la fois, et c'est le choix de l'abolition ; ou cette société croit, en dépit de l'expérience des siècles, faire disparaître le crime avec le criminel, et c'est l'élimination.

Cette justice d'élimination, cette justice d'angoisse et de mort, décidée avec sa marge de hasard, nous la refusons. Nous la refusons parce qu'elle est pour nous l'anti-justice, parce qu'elle est la passion et la peur triomphant de la raison et de l'humanité.

J'en ai fini avec l'essentiel, avec l'esprit et l'inspiration de cette grande loi. Raymond Forni, tout à l'heure, en a dégagé les lignes directrices. Elles sont simples et précises.

Parce que l'abolition est un choix moral, il faut se prononcer en toute clarté. Le Gouvernement vous demande donc de voter l'abolition de la peine de mort sans l'assortir d'aucune restriction ni d'aucune réserve. Sans doute, des amendements seront déposés tendant à limiter le champ de l'abolition et à en exclure diverses catégories de crimes. Je comprends l'inspiration de ces amendements, mais le Gouvernement vous demandera de les rejeter.

D'abord parce que la formule « abolir hors les crimes odieux » ne recouvre en réalité qu'une déclaration en faveur de la peine de mort. Dans la réalité judiciaire, personne n'encourt la peine de mort hors des crimes odieux. Mieux vaut donc, dans ce cas-là, éviter les commodités de style et se déclarer partisan de la peine de mort. *(Applaudissements sur les bancs des socialistes.)*

Quant aux propositions d'exclusion de l'abolition au regard de la qualité des victimes, notamment au regard de leur faiblesse particulière ou des risques plus grands qu'elles encourent, le Gouvernement vous demandera également de les refuser, en dépit de la générosité qui les inspire.

Ces exclusions méconnaissent une évidence : toutes, je dis bien toutes, les victimes sont pitoyables et toutes appellent la même compassion. Sans doute, en chacun de nous, la mort de l'enfant ou du vieillard suscite plus aisément l'émotion que la mort d'une femme de trente ans ou d'un homme mûr chargé de responsabilités, mais, dans la réalité humaine, elle n'en est pas moins douloureuse, et toute discrimination à cet égard serait porteuse d'injustice !

S'agissant des policiers ou du personnel pénitentiaire, dont les organisations représentatives requièrent le maintien de la peine de mort à l'encontre de ceux qui attenteraient à la vie de leurs membres, le Gouvernement comprend parfaitement les préoccupations qui les animent, mais il demandera que ces amendements en soient rejetés.

La sécurité des personnels de police et du personnel pénitentiaire doit être assurée. Toutes les mesures nécessaires pour assurer leur protection doivent être prises. Mais, dans la France de la fin du XXᵉ siècle, on ne confie pas à la guillotine le soin d'assurer la sécurité des policiers et des surveillants. Et quant à la sanction du crime qui les atteindrait, aussi légitime quelle soit, cette peine ne peut être, dans nos lois, plus grave que celle qui frapperait les auteurs de crimes commis à l'encontre d'autres victimes. Soyons clairs : il ne peut exister dans la justice française de privilège pénal au profit de quelque profession ou corps que ce soit. Je suis sûr que les personnels de police et les personnels pénitentiaires le comprendront. Qu'ils sachent que nous nous montrerons attentifs à leur sécurité sans jamais pour autant en faire un corps à part dans la République.

Dans le même dessein de clarté, le projet n'offre aucune disposition concernant une quelconque peine de remplacement.

Pour des raisons morales d'abord : la peine de mort est un supplice, et l'on ne remplace pas un supplice par un autre.

Pour des raisons de politique et de clarté législatives aussi : par peine de remplacement, l'on vise communément une période de sûreté, c'est-à-dire un délai inscrit dans la loi pendant lequel le condamné n'est pas susceptible de bénéficier d'une mesure de libération conditionnelle ou d'une quelconque suspension de sa peine. Une telle peine existe déjà dans notre droit et sa durée peut atteindre dix-huit années.

Si je demande à l'Assemblée de ne pas ouvrir, à cet égard, un débat tendant à modifier cette mesure de sûreté, c'est parce que, dans un délai de deux ans – délai relativement court au regard du processus d'édification de la loi pénale – le Gouvernement aura l'honneur de lui soumettre le projet d'un nouveau Code pénal, un Code pénal adapté à la société française de la fin du XXe siècle et, je l'espère, de l'horizon du XXIe siècle. À cette occasion, il conviendra que soit défini, établi, pesé par vous ce que doit être le système des peines pour la société française d'aujourd'hui et de demain. C'est pourquoi je vous demande de ne pas mêler au débat de principe sur l'abolition une discussion sur la peine de remplacement, ou plutôt sur la mesure de sûreté, parce que cette discussion serait à la fois inopportune et inutile.

Inopportune parce que, pour être harmonieux, le système des peines doit être pensé et défini en son entier, et non à la faveur d'un débat qui, par son objet même, se révèle nécessairement passionné et aboutirait à des solutions partielles.

Discussion inutile parce que la mesure de sûreté existante frappera à l'évidence tous ceux qui vont être condamnés à la peine de réclusion criminelle à perpétuité dans les deux ou trois années au plus qui s'écouleront avant que vous n'ayez, mesdames, messieurs les députés, défini notre système de peines et que, par conséquent, la question de leur libération ne saurait en aucune façon se poser. Les législateurs que vous êtes savent bien que la définition inscrite dans le nouveau code s'appliquera à eux, soit par l'effet immédiat de la loi pénale plus douce, soit – si elle est plus sévère – parce qu'on ne saurait faire de discrimination et que le régime de libération conditionnelle sera le même pour tous les condamnés à perpétuité. Par conséquent, n'ouvrez pas maintenant cette discussion.

Pour les mêmes raisons de clarté et de simplicité, nous n'avons pas inséré dans le projet les dispositions relatives au temps de guerre. Le Gouvernement sait bien que, quand le mépris de la vie, la violence mortelle deviennent la loi commune, quand certaines valeurs essentielles du temps de paix sont remplacées par d'autres qui expriment la primauté de la défense de la Patrie, alors le fondement même de l'abolition s'efface de la conscience collective pour la durée du conflit, et, bien entendu, l'abolition est alors entre parenthèses.

Il est apparu au Gouvernement qu'il était malvenu, au moment où vous décidiez enfin de l'abolition dans la France en paix qui est heureusement la nôtre, de débattre du domaine éventuel de la peine de mort en temps de guerre, une guerre que rien heureusement n'annonce. Ce sera au Gouvernement et au législateur, du temps de l'épreuve – si elle doit survenir – qu'il appartiendra d'y pourvoir, en même temps qu'aux nombreuses dispositions particulières qu'appelle une législation de guerre. Mais arrêter les modalités d'une législation de guerre à cet instant où nous abolissons la peine de mort n'aurait point de sens. Ce serait hors de propos au moment où, après cent quatre-vingt-dix ans de débat, vous allez enfin prononcer et décider de l'abolition.

J'en ai terminé.

Les propos que j'ai tenus, les raisons que j'ai avancées, votre cœur, votre conscience vous les avaient déjà dictés aussi bien qu'à moi. Je tenais simplement, à ce moment essentiel de notre histoire judiciaire, à les rappeler, au nom du Gouvernement.

Je sais que, dans nos lois, tout dépend de votre volonté et de votre conscience. Je sais que beaucoup d'entre vous, dans la majorité comme dans l'opposition, ont lutté pour l'abolition. Je sais que le Parlement aurait pu aisément, de sa seule initiative, libérer nos lois de la peine de mort. Vous avez accepté que ce soit sur un projet du Gouvernement que soit soumise à vos votes l'abolition, associant ainsi le Gouvernement et moi-même à cette grande mesure. Laissez-moi vous en remercier.

Demain, grâce à vous, la justice française ne sera plus une justice qui tue. Demain, grâce à vous, il n'y aura plus, pour notre honte commune, d'exécutions furtives, à l'aube, sous le dais noir, dans les prisons françaises. Demain, les pages sanglantes de notre justice seront tournées.

À cet instant plus qu'à aucun autre, j'ai le sentiment d'assumer mon ministère, au sens ancien, au sens noble, le plus noble qui soit, c'est-à-dire au sens de « service ». Demain, vous voterez l'abolition de la peine de mort. Législateurs français, de tout mon cœur, je vous en remercie. *(Applaudissements sur les bancs des socialistes et des communistes et sur quelques bancs du Rassemblement pour la République et de l'Union pour la démocratie française – Les députés socialistes et quelques députés communistes se lèvent et applaudissent longuement.)*

Chronologie*

30 mars 1928 : naissance de Robert Badinter à Paris.

1951 : inscription au barreau de Paris.

1965 : lauréat de l'agrégation de droit.

1971 : entrée au Parti socialiste.

1972 : défenseur de Roger Bontems, condamné, pour prise d'otage et complicité de meurtre lors de sa tentative d'évasion de la centrale de Clairvaux avec Claude Buffet, à la peine de mort.

22 janvier 1977 : défenseur de Patrick Henry, déclaré coupable de l'enlèvement et du meurtre de Philippe Bertrand, alors âgé de sept ans ; il lui évite la peine de mort.

10 septembre 1977 : *exécution de Hamida Djandoubi, dernière exécution capitale en France, sous la présidence de Valéry Giscard d'Estaing.*

16 mars 1981 : *déclaration de François Mitterrand contre la peine de mort.*

22 mai 1981 : *condamnations de Jean-Pierre DeClerck et Patrick François à la peine de mort.*

---

* Les événements historiques sont présentés en italique.

25 mai 1981 : *François Mitterrand gracie Philippe Maurice, dernier condamné à mort à être gracié.*

23 juin 1981 : Robert Badinter est nommé garde des Sceaux par François Mitterrand (23 juin 1981-18 février 1986).

18 septembre 1981 : obtient le vote, par l'Assemblée nationale, de l'abolition de la peine de mort.

1982 : propose et obtient l'abrogation de l'article du Code pénal réprimant les rapports homosexuels.

1986 : nommé président du Conseil constitutionnel (1986-1995).

24 septembre 1995 : élu sénateur des Hauts-de-Seine.

8 avril 2004 : *proposition de loi visant à rétablir la peine de mort pour les auteurs d'actes terroristes, jamais inscrite à l'ordre du jour de l'Assemblée nationale.*

26 septembre 2004 : Robert Badinter est de nouveau élu sénateur des Hauts-de-Seine.

31 septembre 2006 : qualifie l'exécution, la veille, de Saddam Hussein, de « faute politique majeure ».

Février 2007 : *inscription dans la Constitution de l'interdiction de la peine de mort.*

« Je crois qu'il y a lieu de recourir à la peine exemplaire »

Discours du député Maurice Barrès,
session ordinaire du 3 juillet 1908
des Débats parlementaires.

Le 3 juillet 1908, Maurice Barrès, député et écrivain nationaliste, académicien, s'oppose au projet de loi visant à abolir la peine de mort. Ce projet, porté par le garde des Sceaux Aristide Briand, attend depuis deux ans d'être discuté à l'Assemblée nationale. Il avait été déposé une première fois en novembre 1906 par le précédent garde des Sceaux, Guyot-Dessaigne. La période peut sembler favorable aux forces abolitionnistes. Armand Fallières, élu Président de la République en janvier 1906, a systématiquement gracié les condamnés à mort la première année de son mandat. Mais la grâce de Sailland, condamné à mort le 24 juillet 1907 pour avoir violé et étranglé une petite fille, ranime dans la population et chez les députés les passions anti-abolitionnistes. C'est dans ce contexte tourmenté et défavorable qu'a lieu la discussion du projet d'Aristide Briand, rejeté finalement par 330 voix contre 201. Maurice Barrès répond ici au député Joseph Reinach, défenseur de l'abolition au nom du progrès moral de l'humanité.

Discours de Maurice Barrès

M. Maurice Barrès : Je suis partisan du maintien de la peine de mort, du maintien et de l'application. Je n'apporterai pas à la tribune la masse des arguments que soulève cette grande question ; monsieur Failliot[1] en a déjà fait valoir quelques-uns ; je voudrais me tenir sur un point particulier, bien déterminé et contredire, réfuter, si je puis, l'opinion de ceux qui croient que la suppression de la peine de mort serait un progrès moral pour la société française.

C'est ce sentiment qu'il y avait tout au long du discours de monsieur Joseph Reinach[2], et c'est une tradition très puissante dans la vie politique de ce pays. Des esprits très nombreux et fort généreux, certes, croient que l'abolition de la peine de mort c'est un pas en avant dans la voie du progrès.

Eh bien ! Je ne raisonnerai pas dans l'abstrait, je regarde la situation de la ville de Paris.

---

1. Auguste Failliot (1851-1922), député républicain, Seine.
2. Joseph Reinach (1856-1921), député républicain, Basses-Alpes.

Si nous supprimons la peine de mort, si nous faisons cette expérience de désarmement, au risque de qui serait-elle faite ? Il faut bien le constater : ce sont les pauvres que nous découvrons, ce sont eux qui pâtiront d'abord. Quoi qu'on fasse, il est bien certain que la police protégera toujours mieux les riches que les pauvres. *(Exclamations à l'extrême gauche et à gauche.)*

Je pense que mes collègues ne se méprennent pas sur la constatation de fait que j'apporte ici. Si nous nous promenons dans le centre de Paris, nous voyons, devant la porte de tel banquier fameux, un agent éternel se promener de jour et de nuit. *(Interruptions.)*

Si nous lisons simplement au jour le jour les faits divers, nous voyons bien qu'à côté de quelques assassinats qui retiennent l'attention du public, l'immense majorité des crimes porte sur le peuple des faubourgs, puis sur des faibles et des isolés.

Ainsi, cette réforme que vous croyez généreuse, il faut bien constater qu'elle augmenterait les risques du petit peuple. *(Applaudissements à droite.)*

La suppression de la peine de mort sera-t-elle du moins un ennoblissement de notre civilisation ? Si quelques-uns sont disposés à le croire, c'est qu'ils désirent mettre, de plus en plus, notre société d'accord avec les données que nous fournit la science. Nous écoutons les médecins qui nous disent en regardant les assassins : « Ils sont nécessités ; celui-ci tient son crime de son atavisme ; cet autre le tient du milieu dans lequel il a été plongé. »

Assurément il y a quelque chose à retenir de ces dépositions des médecins ; ce qu'il faut en retenir, me semble-t-il, c'est que notre devoir est de combattre les conditions qui ont préparé cet atavisme, d'assainir le milieu dans lequel cet homme s'est perverti. *(« Très bien ! Très bien ! »)*

La science nous apporte une indication dont nous tous, législateurs, nous savons bien que nous avons à tirer parti ; combattons les causes de dégénérescence. Mais quand nous sommes en présence du membre déjà pourri, quand nous sommes en présence de ce malheureux – malheureux, si nous considérons les conditions sociales dans lesquelles il s'est formé, mais misérable si nous considérons le triste crime dans lequel il est tombé –, c'est l'intérêt social qui doit nous inspirer et non un attendrissement sur l'être antisocial. *(Bruit à l'extrême gauche.)*

Allons au fond de la question.

Il me semble que dans la disposition traditionnelle qu'ont un grand nombre d'esprits éminents, généreux, à prendre en considération les intérêts de l'assassin, à s'y attarder, avec une sorte d'indulgence, il y a cette erreur de croire que nous nous trouvons en présence d'une sorte de barbare tout neuf, auquel il a manqué quelques-uns des avantages sociaux que, nous autres, plus favorisés, nous possédons. C'était, si je ne me trompe, la conception de Victor Hugo et l'on doit l'examiner dans un débat politique sur la peine de mort, car cette littérature de Hugo a eu certainement une grande action sur la formation intellectuelle du Parti républicain, au cours des dernières années du Second Empire.

Hugo a cru que l'assassin, c'était un être trop neuf, une matière humaine toute neuve, non façonnée, qui n'avait pas profité des avantages accumulés de la civilisation ; il résumait cela en disant : « Si vous lui aviez donné le livre, vous auriez détruit le crime. »

Eh bien ! cette hypothèse n'est pas d'accord avec les renseignements que nous donne la science. Ah ! Les éléments neufs, ce qui sort de la masse et qui n'a pas encore pris la forme civilisée, c'est précieux, c'est sacré. Ces éléments neufs valent mieux que nous, sont plus précieux peut-être que tel civilisé arrivé à un degré élevé de développement. Ce barbare tout neuf a encore à fournir. Mais les apaches[1] ne sont pas des forces trop pleines de vie, de beaux barbares qui font éclater les cadres de la morale commune : ce sont des dégénérés. Loin d'être orientés vers l'avenir, ils sont entravés par des tares ignobles. Et, à l'ordinaire, quand nous sommes en présence du criminel, nous trouvons un homme en

---

1. Mauvais garçons.

déchéance, un homme tombé en dehors de l'humanité et non pas un homme qui n'est pas encore arrivé à l'humanité.

(*À droite : « Très bien ! »*)

M. Jean Jaurès[1] : Ce sont des chrétiens qui disent : « Très bien ! » Il est étrange d'entendre la déchéance irrémédiable proclamée par des chrétiens de la droite ! *(« Très bien ! Très bien ! » et rires à gauche.)*

M. Maurice Barrès : Je crois qu'un chrétien pourrait vous répondre, Monsieur Jaurès, qu'il ne faut pas confondre les deux plans et qu'ici nous sommes des législateurs ayant à faire une certaine besogne sociale limitée, et non religieuse. *(Exclamations ironiques à l'extrême gauche et à gauche.)*

M. Paul Constans[2] : Alors vous niez l'influence de la religion sur les mœurs sociales ? Nous retenons l'aveu !

M. Hippolyte Gayraud[3] : Nous ne pouvons pas accepter votre point de vue, Monsieur Barrès ! *(Mouvements divers.)*

---

1. Jean Jaurès (1859-1914), député socialiste et leader du Parti socialiste français.
2. Paul Constans (1857-1931), député socialiste, Allier.
3. Hippolyte Gayraud (1856-1911), député « Action libérale », Finistère.

M. Maurice Barrès : Messieurs, vous me permettrez de croire que je suis dans le bon sens en vous disant qu'il y a en effet de grandes difficultés qui peuvent être résolues dans un autre monde *(Exclamations ironiques à gauche et à l'extrême gauche)*, mais que notre besogne de législateurs se fait sur un tout autre plan. C'est ainsi que la loi elle-même l'a compris quand elle met à côté du malheureux qui s'en va à la guillotine un aumônier et qu'elle dit : « Il y a entre ces deux hommes une entente secrète qui se fait dans certaines conditions, que moi, loi civile, je n'ai pas à examiner. » *(Mouvements divers.)*

Pour ma part, je demande que l'on continue à nous débarrasser de ces dégradés, de ces dégénérés, dans les conditions légales d'aujourd'hui, en tenant compte des indications qui nous sont fournies par les hommes de science et compétents s'ils nous disent que celui-ci relève des asiles plutôt que de la punition. Je crois qu'il y a lieu de recourir à la punition exemplaire. Et, par exemple, je n'entends pas la publicité ; je crois que l'exemple peut-être plus saisissant encore, tel qu'il est obtenu en Angleterre où la punition capitale, à la muette, derrière de hauts murs, me semble plus terrifiante encore que cette manière d'apothéose infâme que nous dressons sur les places publiques. *(Applaudissements.)*

Et maintenant, messieurs, voulez-vous me permettre de vous demander, de me demander à moi-même si nous ne participons pas tous d'une certaine maladie passagère de l'intelligence *(Mouvements)* qui est une difficulté à prendre des responsabilités ? Cette difficulté provient, je l'accorde, d'un scrupule louable en soi, d'un scrupule d'homme cultivé et hautement civilisé, mais n'a-t-elle pas un grand inconvénient social ?

J'étais frappé, en lisant les enquêtes nombreuses qui ont été ouvertes, çà et là, sur la question de la peine de mort, de voir qu'au fond de la plupart des réponses il y avait ceci : « Je ne me sens pas capable de juger un homme. »

Répugnance, impuissance même des gens trop cultivés à accepter des responsabilités ! Oui, j'ai vu cette idée plus ou moins nettement exprimée que c'est une charge lourde pour un homme – et c'est la vérité – d'intervenir hautement et de dire avec netteté : « Celui-là est coupable ; celui-ci doit être frappé. »

Mais pourtant, n'est-ce pas là une nécessité de la vie elle-même, et ne semble-t-il pas que si nous acceptions comme une délicatesse louable cette véritable faiblesse morale, cet affaiblissement de la volonté, pour l'appeler par son nom, nous céderions à cette doctrine qu'on voit, exprimée, proposée avec une force géniale, mais bien dangereuse, dans un autre pays. Je veux parler de Tolstoï[1] et de la doctrine de la non-résistance au mal.

---

1. Léon Tolstoï (1828-1910), écrivain russe.

[...]

Messieurs, j'ai autant d'horreur qu'aucun de vous pour le sang versé. Un jour il m'a été donné d'assister à une exécution, je ne peux pas dire de la voir – car en effet c'est un spectacle intolérable. Je m'y trouvais non loin de monsieur le président du Conseil... Le lendemain, monsieur Clemenceau a écrit un bel article où il exprimait tout le dégoût qu'il avait éprouvé, toute la répulsion morale et physique que l'on ne peut pas ne pas ressentir.

Mais qu'est-ce que cela prouve ? Cela prouve d'abord que monsieur le président du Conseil a bien fait d'abandonner sa carrière médicale[1], qui aurait pu l'amener à des opérations chirurgicales. *(Exclamations et mouvements divers.)*

Pour ma part, cette même émotion pénible ne l'éprouverais-je pas, si je devais assister à ces terribles opérations qui pourtant sont le salut, une ressource de guérison ? La vie est en elle-même chose cruelle et ce n'est pas avoir fourni un argument contre la peine capitale de constater – ce que personne ne nie – qu'une vision de décollation est chose atroce.

C'est par amour de la santé sociale que je vote le maintien et l'application de la peine de mort.

En tout cas, qu'il me soit permis de vous le

---

1. Georges Clemenceau (1841-1929), président du Conseil.

dire en terminant, cette mesure que vous croyez une mesure de générosité, c'est une générosité que nous ferions aux dépens des autres. Et ce vote contre la guillotine, vous l'auriez fourni avec bien plus d'autorité, quand un homme a jeté dans cette Assemblée une bombe et que vous l'avez laissé exécuter[1] ! *(Mouvements divers.)*

Il y a un jour, messieurs les abolitionnistes, où vous avez manqué une occasion unique d'affirmer votre horreur de la peine de mort : c'est quand vous étiez vous-mêmes les victimes. *(Applaudissements à droite et sur divers bancs au centre.)*

---

1. Auguste Vaillant, anarchiste, condamné à mort et exécuté le 4 février 1894.

Chronologie*

6 octobre 1791 : *rejet, par la Constituante, de la proposition abolitionniste de Le Pelletier de Saint-Fargeau.*

1792 : *suppression des exécutions par l'écartèlement, le feu, la roue, la pendaison et la décollation, recours exclusif à la guillotine pour les condamnés de droit commun.*

26 octobre 1795 : *abolition de la peine de mort « à dater du jour de la publication de la paix générale », proposition non reprise lors de la signature de la paix d'Amiens en 1802.*

29 décembre 1801 : *Bonaparte fait voter par les assemblées législatives un texte maintenant la peine de mort.*

1810 : *le Code pénal prévoit la peine de mort pour le meurtrier, l'incendiaire, le faux-monnayeur et certains voleurs.*

1830 : *la Chambre des députés décide l'abolition de la peine de mort, disposition restée sans suite.*

1832 : *la révision du Code pénal restreint la peine de mort aux crimes de sang.*

19 août 1862 : naissance de Maurice Barrès à Charmes-sur-Moselle.

---

* Les événements historiques sont présentés en italique.

1889 : est élu député boulangiste de Nancy (1889-1893).

1894 : fonde le journal nationaliste *La Cocarde*.

1897 : publication par M. Barrès des *Déracinés*, début de la trilogie du *Roman de l'énergie nationale*.

1898 : participe à la fondation de la Ligue de la Patrie française.

1906 : élection à l'Académie française.

20 mai 1906 : est élu député de Paris (1906-1923).

Novembre 1906 : *le projet de loi abolitionniste déposé par Guyot-Dessaigne, garde des Sceaux de Clemenceau, n'est pas discuté.*

3 juillet 1908 : *reprise, par Aristide Briand, successeur de Guyot-Dessaigne, du projet de loi abolitionniste, projet repoussé par la Chambre des députés.*

1913 : publication par M. Barrès de *La Colline inspirée*.

1914 : succède à Paul Déroulède à la tête de la Ligue des patriotes.

4 décembre 1923 : décès de Maurice Barrès à Neuilly-sur-Seine.

LES GRANDS DISCOURS

« Le mal ne se maintient que par la violence »
Déclaration du MAHATMA GANDHI, 23 mars 1922
suivi de **« La vérité est la seule arme
dont nous disposons »**
Discours du DALAÏ LAMA, 10 décembre 1989
Édition bilingue

« Vous frappez à tort et à travers »
Discours de FRANÇOIS MITTERRAND et MICHEL ROCARD,
29 avril 1970
suivi de **« L'insécurité est la première des inégalités »**
Allocution de NICOLAS SARKOZY, 18 mars 2009

RÉALISATION : NORD COMPO À VILLENEUVE-D'ASCQ
IMPRESSION : CPI BRODARD ET TAUPIN À LA FLÈCHE
DÉPÔT LÉGAL : AOÛT 2009. N° 100288-6. (65657)
IMPRIMÉ EN FRANCE